ANGIOLINA

ou

LA FEMME DU DOGE,

ANGIOLINA,

OU

LA FEMME DU DOGE,

DRAME EN TROIS ACTES, MÊLÉ DE CHANTS,

PAR

MM. THÉAULON ET BRISSET,

REPRÉSENTÉ, POUR LA PREMIÈRE FOIS, A PARIS, SUR LE THÉATRE DES NOUVEAUTÉS, LE 22 JUIN 1829.

PARIS,

CHEZ BARBA, ÉDITEUR DE PIÈCES DE THÉATRE,

PALAIS-ROYAL, GALERIE DE CHARTRES;

ET CHEZ DUREUIL, PLACE DE LA BOURSE.

—

1829.

PERSONNAGES.	ACTEURS.

MARINO FALIÉRO, doge de Venise.	M. Thénard.
ANGIOLINA, femme du Doge.	Mme Albert,
Le Chevalier STÉNO, jeune seigneur.	M. Derval.
LORENZO, Sénateur.	M. Morel.
Un Noble.	M. Mathieu.
PEPPO, nain africain, ordonnateur des fêtes de la Cour.	M. Armand.
BERTRAM, gondolier.	M. Albert.
THÉRÉSINA, sa femme.	Mme Génot.
Un Jeune Gondolier.	Mlle Miller.
Un Homme du Peuple.	M. Lacaze.
Gondoliers.	
Seigneurs de la Cour.	
Masques.	
Suivantes d'Angiolina.	
Soldats.	
Officiers du Palais ducal.	

La scène se passe à Venise.

IMPRIMERIE DE DAVID,
BOULEVART POISSONNIÈRE, N° 6.

ANGIOLINA,

ou

LA FEMME DU DOGE.

ACTE PREMIER.

(Le théâtre représente un salon attenant au cabinet du Doge ; les
fenêtres donnent sur la mer.)

SCÈNE PREMIÈRE.

LORENZO, Nobles de Venise.

UN NOBLE.

Les salons du Doge tardent bien à s'ouvrir pour nous ; à
qui donne-t-il donc audience en ce moment?

LORENZO.

Au seigneur Peppo, l'ordonnateur des fêtes du Palais,
ce nain africain que sa difformité même a mis en honneur
à la Cour.

UN NOBLE.

N'en dites pas de mal, car c'est le protégé de Sténo, et
notre vieux Doge s'amuse parfois de ses folies. Mais lais-
sons-là le seigneur Peppo et tous ses ridicules. C'est donc
ce soir où, pour la première fois, nous pourrons offrir nos
hommages à la jeune épouse de Marino Faliéro ?

LORENZO.

Oui, et la présentation, dit-on, sera fort brillante. Votre
épouse, marquis de Palutzy, y sera-t-elle ? s'est-elle enfin
décidée ?

UN NOBLE.

Ce n'a pas été sans peine ; mais il le faut : elle a besoin

du Doge pour faire avoir le gouvernement vaquant à son cousin; il faut bien faire quelque chose pour sa famille.

LORENZO.

Le grand sacrifice! deux heures passées dans le salon du sérénissime seigneur, avec la plus délicieuse musique, les glaces les plus exquises, l'aspect enchanteur des danses vénitiennes, l'air embaumé qu'on respire, et qui n'est nulle part plus frais que dans les galeries de son palais... Allons, seigneur, soyez de bon compte, on peut bien oublier au milieu de toutes les magnificences ducales....

UN NOBLE.

L'indigne objet auquel elle sont prodiguées....?

LORENZO.

Comment, marquis, ici, près de son appartement!.... Pour moi, je pense qu'une jolie femme n'est déplacée nulle part, et que la beauté sur le trône.... D'ailleurs, qui vous dit, monsieur, que l'épouse du Doge, la jeune et belle Angiolina, est sans naissance et sans aïeux? Peut-être on prouvera, un de ces jours, qu'elle descend de ces héros qui ont fondé ce vieux rempart des chrétiens, cette noble Venise, la reine de l'Océan.

UN NOBLE.

Bien, s'il en est ainsi; mais je crains fort que le trône ducal soit, en ce moment, privé de cette illustration, et c'est un malheur dans un temps où l'insolence du peuple, soutenue par la faiblesse de Marino Faliéro... Sténo vous a raconté sa dernière aventure.... Deux misérables gondeliers.....

LORENZO.

Sténo en fait trop, il lui en arrivera mal; tout-à-l'heure encore, je viens de le rencontrer avec tout l'attirail d'un franc aventurier : le grand manteau couleur de muraille et la mandore sous le bras. Rien n'y manquait... Mais la porte s'ouvre chez le Doge.

SCÈNE II.

LES MÊMES, PEPPO.

PEPPO, *de la porte.*

Les ordres de Votre Altesse seront ponctuellement exécutés.

UN NOBLE, *lui frappant sur l'épaule.*

Seigneur, hommage au noble ordonnateur des plaisirs de la Cour, à celui qui est chargé de nous amuser.

PEPPO.

Oui, à charge de revanche; car si je vous amuse, vous me le rendez bien quelquefois, seigneurs.

LORENZO.

C'est une épigramme vivante que ce petit personnage-là!

PEPPO, *fixant les seigneurs.*

Oui, contre la nature qui m'a fait. Mais il y a tant d'hommes qui sont une satyre continuelle contre la société qui les souffre. Je vois tous les jours à la Cour, des hommes qui sont mieux faits que moi, et qui pourtant. . . .

LORENZO.

Ah! ah! ceci devient tout-à-fait de l'opposition; le rôle de mécontent ne va pourtant guère à ta taille, petit Peppo!

PEPPO.

C'est possible, mais ma taille va très-bien à un mécon-tent.

Air *de Jadis et aujourd'hui.*

En voyant, au lieu du mérite,
L'intrigue arriver en rampant;
En voyant prier l'hypocrite,
En voyant rire le méchant,
En voyant tant de sots, de drôles,
En bavardant nous étourdir;
Moi, j'ai tant haussé les épaules,
Que ça m'a fait presque grandir.

LORENZO.

On dit que tu vois de très-mauvais sujets.

PEPPO.

Mes fenêtres sont justement en face du palais.

UN NOBLE.

Misérable nain, ton insolence. . .

PEPPO.

Pardon, seigneur, si je suis allé un peu plus loin que vous.

LORENZO,

C'est un fou!

LES COURTISANS.

C'est un fou!

PEPPO.

Vous croyez? En tous cas, cette maison ducale est assez grande, et un de plus ou de moins.... Mais, pardon, si je ne vous amuse pas plus long-temps, nobles seigneurs,

j'ai mes fonctions à remplir, et jamais Peppo ne s'est trou-
vé en défaut; jamais, je crois, depuis trois ans que je
suis ici, je n'avais eu tant d'occupation. Aujourd'hui,
grande présentation à la Cour, et demain soir un bal au sénat. Le Doge donne une fête, les sénateurs la lui rendent,
c'est dans l'ordre; ces petites politesses entretiennent l'a-
mitié, et ils sont si polis nos sénateurs!

LORENZO.

Ne vas-tu pas médire à présent du premier corps de
l'état? Prends garde, Peppo, tous tes discours confirment
le bruit qui se répand dans Venise, que ta maison sert d'a-
syle à des hommes dangereux.

PEPPO.

Vous n'y êtes jamais venu, seigneur; honorez-la de votre
présence. Dans une heure vous y trouverez votre ami Sténo,
l'un des quarante; mon noble protecteur, ce sera un beau
démenti que je donnerai aux calomniateurs. Venez, vous
verrez chez moi des fleurs fausses, des décorations qui bril-
lent de loin, et qui, de près, ne sont pas grand chose, des
épées de parade, toute espèce de déguisemens, des
masques qui expriment ce que l'on ne pense pas, enfin,
vous pourrez vous croire parmi les courtisans.

LE NOBLE.

Messieurs, le salon du Doge nous est ouvert.

(Un page paraît et indique aux seigneurs qu'ils peuvent entrer.)

CHOEUR des Seigneurs entrant chez le Doge.

AIR de Béancourt.

L'audience
Commence!
Hâtons-nous; à la Cour,
Bien souvent la puissance,
La faveur n'a qu'un jour.

SCÈNE III.

PEPPO, seul.

(En regardant le cabinet du Doge.)

Comme ils sont humbles maintenant! Les voilà tous aussi
petits que moi, car ils s'inclinent devant leur maître, ils
vont chercher, dans ce quart d'heure d'humiliation, leur
provision d'insolence pour toute la journée... C'est en rap-
pelant durement aux autres qu'ils sont grands, qu'ils ou-

blient qu'ils sont petits aussi devant quelqu'un. Des grands, des petits.... c'est drôle ! Tout le monde devrait être de la même taille, de la mienne, par exemple ; le monde en irait bien mieux.

AIR : *Vaudeville de Partie Carrée.*

Si tout le monde avait ma taille
Et ma façon de voir et de penser,
Dans ce pays, vaille que vaille,
Chacun aurait l'espoir de s'avancer ;
Et de nos grands les brillantes cohortes,
Pourraient du moins, aussi nobles que nous,
Pour parvenir, franchir toutes les portes,
Sans ployer les genoux.

Par exemple, ça n'arrangerait pas tout le monde, le jeune Sténo, surtout ; Sténo, le plus beau seigneur de la cour ! le seul, parmi les grands, qui soit vraiment digne de ce nom !... le seul dont la popularité !... Oh ! sans lui... sanslui, l'insolence de ces nobles seigneurs, qui m'abreuvent de mépris, m'eût poussé parmi les mécontens.... Silence ! ces idées-là nedoivent pasvenir dans l'antichambre d'un souverain.... Mais quelle est cette femme ? Par Saint-Jean-des-Lagunes, je ne me trompe pas ! c'est la jolie gondolière que le seigneur Sténo m'a montrée l'autre jour sur le rivage, et qu'il a vainement cherchée depuis. Que vient-elle faire dans le palais ?.... Y connaîtrait-elle quelque grand seigneur ? Pauvre fille !

SCÈNE IV.

PEPPO, THÉRÉSINA.

THÉRÉSINA.

J'arrive au palais plus tard qu'à l'ordinaire ; heureusement tous les appartemens sont déserts, et je ne serai vue de personne...... Je craignais surtout de rencontrer ce jeune seigneur de la cour que j'ai conduit l'autre jour dans ma gondole, et qui m'a fait tant de questions. Il était bien aimable ce jeune seigneur... (*avec un soupir*) et souvent je pense à lui malgré moi !... Entrons vîte et prenons bien garde d'être aperçue. (*En se retournant, elle aperçoit Peppo.*) Ah !

PEPPO.

(*A part.*) En effet... sa ressemblance avec l'épouse du Doge est frappante. (*Haut.*) Que demandez-vous, ma belle enfant ?

THÉRÉSINA.

Personne, monsieur...

PEPPO.

Personne... Que cherchez-vous dans le palais ducal ?

THÉRÉSINA.

Je ne cherche rien... ..

PEPPO.

Mais enfin, où allez-vous, que voulez-vous ? Étrangère dans ce palais...

THÉRÉSINA.

Étrangère, oh ! non ; j'y viens souvent.

PEPPO, *à part.*

Souvent...

THÉRÉSINA, *s'apercevant de la surprise de Peppo.*

Quand je dis souvent... j'y viens... j'y viens quelquefois...,

PEPPO.

Apporter des fleurs chez quelque dame de la suite de la duchesse, sans doute ?

THÉRÉSINA.

Non, à la duchesse elle-même, et ces bouquets...

PEPPO.

Vous en vendez ? je vois cela d'ici.

THÉRÉSINA, *avec un petit air de dédain.*

Oui... oui... seigneur ; et pourtant... si je voulais...,

PEPPO, *la considérant.*

En effet... ces bijoux... à vos bras... à vos oreilles, (*A part.*) Quel étrange soupçon !

THÉRÉSINA.

AIR *de Génot.*

Tous ces bijoux sont d'or,
J'en ai d'autres encor ;
Aussi chacun m'admire ;
Sur mes pas j'entends dire :
Qu'elle ést belle comm' ça,
A chacun ell' plaira.
Ah !
Ailleurs que sur sa rame
Ell' peut briller ;
Et pourtant c'est la femme
D'un gondolier.
Ah !

2e COUPLET.

Si Bertram le voulait,
Il se reposerait ;

Mais sans travail, sans peine,
Le temps pour lui se traîne.
Que d' fois il m' dit comm' ça :
Emporte cet or là.
Ah !
Les rames qu' son adresse
Sait manier,
Voilà tout' la richesse
Du gondolier.
Ah !

PEPPO.

Il est philosophe, votre mari ; c'est fort bien.... Mais puisque vous vendez des fleurs, voulez-vous m'en vendre à moi ?... Je ne suis pas une pratique à dédaigner....l'ordonnateur des fêtes de la cour !

THÉRÉSINA.

Quoi, monsieur, c'est vous...

PEPPO.

Oui, mon enfant, c'est moi qui suis chargé des illuminations du palais et de fournir des masques aux courtisans.

THERESINA.

Comme vous devez avoir de l'ouvrage !

PEPPO.

Je le crois bien; ils en changent chaque jour. Ainsi, ma petite, si dans une heure vous voulez m'apporter des bouquets, que je vous paierai bien, je vous montrerai tout ce qui doit embellir la présentation de ce soir; je demeure vis-à-vis le palais ducal.

THERESINA.

(A part.) Entrons, pourvu que Bertram ne s'aperçoive pas encore de mon absence...Oh! non, il est en place sur sa gondole, et je serai promptement de retour (Avec une révérence.) Adieu, monsieur, comptez sur mes bouquets. (En sortant, avec malice.) S'il n'a jamais que les fleurs que je lui apporterai... (Elle sort.)

PEPPO.

N'y manquez pas, au moins; vous seriez cause que la fête... (Venant en scène.) On sort de chez le Doge; courons faire part au seigneur Sténo de mes singulières conjectures. (Il sort.)

SCÈNE V.

LE DOGE, LORENZO, GRANDS SEIGNEURS.

CHOEUR.

AIR *de Béancourt.*

Du chef de la patrie
Célébrons la grandeur ;
Que le ciel, sur sa vie,
Répande le bonheur.

LORENZO.

Les quarante, par ma voix, saluent le prince de la république, et le prient d'accepter l'assurance de leur respect.

(Ils sortent, et la musique cesse.)

LE DOGE, *après qu'ils sont partis.*

Oui, ils sont singulièrement respectueux et toujours humbles quand ils demandent des places ou des impôts. (*S'asseyant.*) Prince, duc de Venise..... ce n'est qu'un mot. .... La toque du Doge n'est point la couronne d'un monarque ; le manteau ducal peut exciter la compassion autant que les haillons d'un mendiant. ..... Ils lui appartiennent du moins, et ces vêtemens ne sont que prêtés au mannequin dont ils se moquent.

SCÈNE VI.

LE DOGE, ANGIOLINA.

ANGIOLINA, *qui a entendu les derniers mots.*

Je croyais que le Doge était le maître à Venise ?

LE DOGE.

Maître ! ma chère Angiolina ! il y a dans ce mot des idées qui couvrent mon front de plus de rides que les années. C'est assez de les écouter dans le silence des nuits, et quand je m'occupe du bonheur de cette république, attaquée au dehors par les Génois, au dedans par ses citoyens mécontens : auprès de vous je dois chasser ces idées. Ma fille, Angiolina, comment vous trouvez-vous ? êtes-vous sortie ? Le jour est sombre, mais le calme de l'Adriatique favorise la rame du gondolier.

ANGIOLINA.

Non, je n'ai point quitté le palais ; je viens de revoir celle qu'il ne m'est point permis de nommer, parce que vous n'êtes pas le maître à Venise.

LE DOGE.

Formez-vous quelques vœux que je puisse accomplir? Par quels plaisirs puis-je contenter votre cœur? parlez, vous serez satisfaite.

ANGIOLINA.

Vous êtes toujours plein de bonté pour moi, je n'ai point de désir à former, si ce n'est de vous voir le maître à Venise!

LE DOGE.

Sais-tu que c'est souhaiter que Faliéro soit parjure?

ANGIOLINA.

C'est souhaiter que Venise soit heureuse et libre!

LE DOGE.

Dépositaire de ses lois, observateur de ses institutions, chaque jour de ma vie est un combat. A Zara, je lui donnai mon sang; ici, c'est mon orgueil, c'est mon repos que je lui offre en sacrifice.

ANGIOLINA.

A Zara, il y avait des lauriers en revanche, ici il n'y a que les outrages des nobles pour récompense.

LE DOGE.

Que parles-tu des outrages des nobles? L'un d'eux aurait-il osé?.... aurait-on découvert?....

ANGIOLINA.

Non, l'on ignore toujours quelle est ma famille; aucun œil indiscret n'a pénétré ce mystère. Oh! c'est un sublime effort que de se sacrifier pour un pays où un soldat, car vous l'étiez alors, tremble que l'on apprenne qu'il a épousé la fille d'un soldat qui lui sauva vie......

LE DOGE.

Oui; Lorédan, ton père, Angiolina, est tombé à mes côtés, en se précipitant au devant du coup qui m'était destiné. *« Faliéro, ma fille!... »* Ce furent ses derniers mots.

ANGIOLINA.

Je ne les ai point oubliés, car en ce moment fatal, je pleurais auprès de lui. Je n'ai jamais oublié non plus l'offre que vous me fîtes de me donner une dot égale à celle d'une riche héritière de Venise.

LE DOGE.

Tu reçus de moi la liberté de choisir, et pour réponse, tu voulus que je fusse pour toi plus qu'un père.

ANGIOLINA.

Oui, je l'ai voulu à la face du ciel et de la terre, mais
jamais aucune espérance ambitieuse ne troubla mes songes.
Tout mon espoir était de venir avec vous revoir nos lagunes, nos gondoles, la cabane de mon père; de vous pré-
senter à mes parens, que je méconnais aujourd'hui, de
leur montrer vos cicatrices, de leur dire avec orgueil: c'est
un noble, il n'a pas rougi d'épouser la fille du pauvre gondolier mort en combattant pour sa patrie.

LE DOGE.

Ah! je ne devais point accepter ce titre de Doge dont ils
m'ont écrasé.

ANGIOLINA.

Si, si; mais il faudrait vous en servir pour les écraser
eux-mêmes!

LE DOGE.

Paroles de femmes.

ANGIOLINA.

Qui devraient être appuyées par des actions d'hommes.

LE DOGE.

Laissons cela, Angiolina; répète moi plutôt qu'aucun
regret, aucun n'a suivi pour toi notre union; la dispropor-
tion de nos âges, le monde et ses maximes, la cour et ses
plaisirs... Parmi ces jeunes chevaliers de Venise qui se
pressent sur tes pas, et étalent à tes yeux leur élégance et
leur folle galanterie, il en est un surtout qui, sans respect
pour toi-même, ose rendre publique l'envie qu'il a de te
plaire; ses regards passionnés te suivent partout, à la cour,
dans nos promenades, et tout le monde dit à Venise que
Sténo....

ANGIOLINA, *avec mépris.*

Sténo!.... ah! seigneur, que dites-vous? Sténo est celui
de tous....

(Prélude sous les fenêtres.)

LE DOGE.

Ecoute... Les sons de la mandore nous sont apportés par
le vent du soir. C'est l'heure où l'amant essaye de faire
pénétrer des paroles d'amour et d'espoir jusqu'auprès de
celle dont le cœur trésaille à sa voix. (*Nouveau prélude.*)
C'est sous ton balcon, Angiolina, sous ton balcon !

ANGIOLINA.

Seigneur, quel sombre nuage a passé sur vos traits?

(*Elle met vivement la main de son époux sur son cœur.*) Voyez,
il est calme ! s'il était agité ce serait d'indignation.

LE DOGE.

Ecoute, l'on va chanter.

STÉNO, *sous la fenêtre.*

AIR *des couplets du troisieme acte de Guillaume-Tell.*

(Du Vaudeville.)

Fille des mers, fille d'amour,
Qui brave les hasards d'Eole,
Un jeune rameur à son tour
Se présente pour ta gondole !
Ton vieux mari s'endort déjà ;
Sur la rame veille avec zèle,
Quand l'autre nautonnier viendra
Prendre sa place, qui l'appelle,
Laisse alors voguer ta nacelle,
Et l'amour la protégera.

LE DOGE.

Angiolina, comprenez-vous ?

ANGIOLINA.

Quelle audace !

(Saisissant un théorbe et s'approchant de la fenêtre.)

Même Air :

Je crains les mers et le danger
Qu'affronte en vain ton bras débile ;
L'on risque trop de s'engager
Avec un pilote inhabile.
Ta voix, qui m'indigne déjà,
Appelle l'épouse infidelle ;
Personne ici n'y répondra,
Loin d'ici va chanter pour elle,
Laisse en paix voguer la nacelle
Que la vertu protégera.

(A son mari, en quittant son théorbe.)

Voilà ma réponse, la vôtre maintenant, la vôtre, Doge,
et qu'il ne l'attende pas long-temps.

LE DOGE.

Ma réponse...

ANGIOLINA.

Des gardes sortis de ce palais avec l'ordre de l'arrêter.

LE DOGE.

Angiolina, calme toi !.

ANGIOLINA, *à la fenêtre.*

Appelez vos gardes, je les guiderai moi-même d'ici vers cette toque, vers cette plume flottante, que j'ai bien reconnues.

LE DOGE.

Laisse cet imprudent; ton dédain me vengera plus que ma colère.

ANGIOLINA, *à la fenêtre.*

Appelez! il en est temps encore.

LE DOGE.

Calme toi, et laisse-le, te dis-je. Voici l'heure de te préparer pour la présentation de ce soir; je vais me rendre au conseil. Ta noble fierté, ta vertueuse indignation suffiraient pour faire taire mes soupçons, si j'en avais conçu; si j'en concevois jamais, il faudrait me les pardonner. Mon Angiolina! ton cœur, de tous ces biens que m'apporta la fortune, est le seul qui ne m'ait pas trompé. Que me resterait-il si l'on me l'enlevait ?   (Il sort.)

SCÈNE VII.

ANGIOLINA, *seule.*

ANGIOLINA.

Prince, Doge, c'est ainsi qu'il punit ses propres outrages! que sera-ce donc des miens?

AIR : *Je suis bonne.* (Coureur de Veuves).

Je suis reine,
Et je ne pourrais me venger;
Mon époux s'aperçoit à peine,
Qu'en moi l'on ose l'outrager!!!
Oui, je suis reine et ne puis me venger.

Qui me rendra l'humble toît de mon père,
Le chant du soir au bruit du flot plaintif!
Au sein des mers, la simple batelière,
Est plus que moi reine sur son esquif.

Heureuse encore,
Ah! qu'elle ignore
Qu'en ce palais
Tout est regrets.
Que chaque jour est un orage,
Que l'on m'outrage;
Que chaque jour je dis, dans mes ennuis secrets :
Je suis reine, etc.

                    (Elle entre dans ses appartemens.)

SCÈNE VIII.

(Le théâtre change et représente la demeure de Peppo; on y voit des masques, des fleurs artificielles, des transparens, etc.)

PEPPO, *tenant un transparent et des fleurs.*

Toujours des flatteries, pas une fête à la cour sans quelque fade louange ! Je viens de terminer un transparent sur lequel il y a : *à la belle Angiolina, l'orgueil de Venise et l'honneur de son sexe....* Cette inscription en lettres de feu, au milieu des jardins illuminés, fera très-bien... Et je ris d'avance en songeant au dépit de nos fières patriciennes!... Notre duchesse est jeune... elle est jolie... ces grandes dames ne peuvent pas la souffrir; c'est dans l'ordre, et mon transparent les fera mourir de dépit.... C'est amusant!... J'avais préparé un autre écriteau pour y mettre : *A Marino Faliéro, sauveur de Venise.* Mais le doge n'a pas voulu. C'est un prince modeste que notre doge... ses courtisans sont loin de lui ressembler. Mais, qui vient par là ?... Ah! c'est le seigneur Sténo.

SCÈNE IX.

STÉNO, PEPPO.

STÉNO, *il entre brusquement, dépose son manteau, et d'un air de dépit :*

Au diable les sérénades ! Faites-vous poète et musicien, après cela!... Deux stances charmantes... et une musique ! Je regretterai toujours tant de notes et tant d'esprit perdus.

PEPPO, *occupé de ses masques et de ses guirlandes.*

Vous paraissez contrarié, mon noble patron.

STÉNO.

On le serait à moins... Figure-toi, Peppo, l'aventure la plus cruelle !...

PEPPO.

Ah ! je vois cela d'ici... Quelqu'élégie tombée dans les flots du grand canal, qui sera pour elle le fleuve d'oubli... Nos poètes de profession pourraient se plaindre, mais qu'est-ce donc que cela pour un galant seigneur comme vous?

STÉNO.

Comment, une ballade délicieuse, dans laquelle on déplorait le sort d'une jeune femme qui languit auprès d'un vieux mari!... une véritable complainte, où l'on disait que les fleurs de seize printemps devaient se faner devant quatre-vingts hivers.

PEPPO.

La pensée n'était pas nouvelle ; mais cette ballade délicieuse me fait l'effet d'avoir été chantée sous des fenêtres un peu élevées... et d'où il pouvait partir quelque bon trait d'arbalète pour payer le chanteur... Le Doge...

STÉNO.

Le doge était au conseil ; d'ailleurs, de quoi se plaindrait-il ?

AIR :

A Venise et dans l'Italie,
C'est un arrêt que l'on ne peut changer ;
Vieillard qui prend femme jeune et jolie,
S'expose à plus d'un grand danger.
Faliéro, toujours digne d'éloge,
Peut se montrer encore avec honneur ;
Il a du moins la couronne de doge
Pour cacher un malheur.

PEPPO.

C'est vrai, mais...

STÉNO.

Et d'ailleurs, Peppo, le trait dont tu parles eût été cent fois mieux reçu que la réponse qui vient d'accueillir mon hommage... Les soldats de Marino Faliéro ne visent pas bien ; mais, Peppo, sa femme a frappé juste, et il y a là... une blessure plus difficile à guérir que tout le mal que les armes de ses gardes pourraient faire... Ah ! si en mortifiant aux yeux de tout Venise cette femme si altière, je pouvais la forcer à me prendre pour défenseur !... Peppo, cherche, trouve... ma fortune paiera un moment de vengeance ou de plaisir.

PEPPO.

De plaisir ?... Vous ne me parlez plus de cette jeune et jolie gondolière.

STÉNO.

Celle-là, je l'aime aussi, Peppo, à cause de la ressemblance avec notre belle duchesse ; mais, où la retrouver...

PEPPO.

Et si je vous disais que je l'ai revue...

STÉNO.

Il se pourrait ?...

PEPPO.

Oui, j'ai retrouvé cette jeune gondolière, et vous ne devineriez jamais où... Peut-être, je devrais vous en faire un mystère... mais mon affection pour vous est si grande, et vous exercez sur moi un tel empire, que les vices que je hais, que je blâme chez les courtisans, je suis presque tenté de les admirer en vous... C'est une faiblesse, c'est une folie... je le sens, mais il faut bien mériter par quelque action le nom de fou qu'ils m'ont donné...

STÉNO.

Achève...

PEPPO.

Dans le palais ducal... où, à ce qu'elle m'a dit, elle va fort souvent... Et cette circonstance, jointe à la ressemblance qui existe entr'elle et la duchesse, m'a fait penser... Vous savez d'ailleurs que la naissance de l'épouse du Doge est entièrement inconnue...

STÉNO.

Eh! bien?...

PEPPO.

Si je ne me trompe, cette petite gondolière... Mais comme ce n'est qu'une conjecture pas mal impertinente, si vous vouliez bien vous baisser un peu, je vous le dirais à l'oreille.

STÉNO.

Quoi, Peppo, tu croirais....?

PEPPO.

Silence, voici quelqu'un.

STÉNO.

C'est elle! ah! Peppo, tu es un homme charmant.

PEPPO.

Oui, voilà comme nous sommes quand nous servons vos projets.

STÉNO.

Tâchons d'approfondir ce singulier mystère!

SCÈNE X.

LES MÊMES, THÉRÉSINA.

THÉRÉSINA, *à part.*

On m'a recommandé de porter ici ces fleurs afin de dis-

siper jusqu'au moindre soupçon. (*Haut.*) Voilà ce que
M. l'ordonnateur m'a demandé.

PEPPO.

Ah! c'est vous, ma petite. Seigneur Sténo, recevez les
fleurs de cette jeune fille, et récompensez-la bien.

STÉNO.

Approchez, mon enfant, approchez.

THÉRÈSINA, *interdite.*

Ciel! que vois-je? c'est lui!

STÉNO.

AIR *de Blangini.*

Ma belle, d'où vient cet effroi?
Vous effrayer serait dommage.

THÉRÉSINA.

Je le reconnais... c'est pour moi
Qu'il vint l'autre jour au rivage.

STÉNO.

Vous me reconnaissez, je gage.

THÉRÉSINA.

Je le reconnais... Quel effroi!

STÉNO.

C'est le hasard qui nous rassemble;
Ou plutôt c'est l'amour.

THÉRÉSINA.

Je tremble!

STÉNO.

Pourquoi fuir?...

THÉRÉSINA.

Il le faut.

STÉNO.

Pourquoi?

Rapprochez-vous!

THÉRÉSINA.

Je meurs d'effroi!

STÉNO.

Pourquoi donc trembler près de moi?

THÉRÉSINA.

Auprès de vous je tremble malgré moi.

STÉNO.

> Quel trouble extrême !
> N'ayez plus peur.
> C'est vous que j'aime
> Avec ardeur.

ENSEMBLE.

THÉRÉSINA.

> Quel trouble extrême !
> Quelle frayeur !
> Il dit qu'il m'aime ;
> C'est un trompeur.

STÉNO.

A mon amour soyez sensible,
Et qu'un aveu...

THÉRÉSINA.

N'approchez pas !

STÉNO.

Écoutez-moi !

THÉRÉSINA.

C'est impossible.

STÉNO.

L'amour doit retenir vos pas.

> Quel trouble extrême ! etc.

ENSEMBLE.

THÉRÉSINA.

> Quel trouble extrême ! etc.

STÉNO.

Quel est votre nom ?

THÉRÉSINA, *tremblante.*

Thérésina..... Je venais apporter ces fleurs pour la fête
de la cour.

STÉNO.

Les fêtes de la cour ! n'y paraîtrez-vous point à côté de
la belle Angiolina ?

THÉRÉSINA.

A la cour... moi !... une gondolière !... Comment...

STÉNO.

Quand on a vos grâces, vos attraits, pourquoi les dérober
à tous les yeux dans une obscure chaumière.... Votre rang,
d'ailleurs. . . .

THÉRÉSINA.

Mon rang ? je ne vous comprends pas....

STÉNO.

Pourquoi vous taire plus long-temps ? . . Oui, charmante
Thérésina, votre place est à la cour. . .

THÉRÈSINA.

Grand Dieu !

STÉNO.

On n'ignore pas quel degré de parenté vous unit à la femme du Doge; et, pour vous prouver que je sais tout... n'êtes-vous pas...?

THÉRÈSINA, *vivement.*

Arrêtez!... ne cherchez pas à pénétrer ce mystère, et laissez-moi vous fuir.

STÉNO, *l'arrêtant.*

ENSEMBLE.

THÉRÈSINA.	STÉNO.
Mon sang se glace,	Rentrez, de grâce,
Que devenir ?	Pourquoi me fuir ;
Monsieur, de grâce,	De mon audace,
Laissez-moi fuir.	C'est me punir !

PEPPO, *à part.*

Son sang se glace,
Elle veut fuir ....
Et reste en place :
Ah ! quel plaisir !

(Thérésina jette ses fleurs, et s'enfuit.)

STÉNO.

Quelle précieuse découverte !.... Peppo, suis-moi, tu peux me rendre un important service.

(Ils sortent.)

SCÈNE XI.

(Le théâtre change et représente une grande salle du palais du Doge; le fond, fermé par des rideaux, un trône à droite.)

PERSONNES DE LA FÊTE, *bientôt* PEPPO, *puis* STÉNO, *puis le* DOGE, ANGIOLINA, SEIGNEURS ET DAMES.

CHŒUR *de Léocadie.*

Vive à jamais notre héros,
Le favori de la victoire :
Le soldat qui rendit la gloire
A nos remparts, à nos drapeaux !

(Une musique brillante occupe la scène pendant tout ce qui va suivre.)

PEPPO, *à Sténo.*

Je vous ai obéi, Seigneur, mais si vous ne prenez ma défense, je dois tout craindre de la colère du Doge !

STÉNO.

Sois tranquille, je réponds de tout (*Peppo s'éloigne.*)

UN OFFICIER, *annonçant.*

Le Doge !

ANGIOLINA, *bas.*

Voyez quels regards insultans toutes ces femmes lancent
sur moi !

LE DOGE.

Votre crainte vous abuse, ma chère Angiolina.

ANGIOLINA, *bas.*

Non !... oh ! non... et tenez... observez...

LE DOGE, *avec dignité.*

Venez à votre tour les regarder du haut du trône.

(Ils se placent.)

STÉNO, *à part.*

Je la trouve encore plus jolie ; et, maintenant si je n'é-
coutais que mon cœur...

LE DOGE.

Alberti, faites ouvrir ces rideaux et que la fête commence.

(La musique continue ; on ouvre les rideaux du fond, on voit les
jardins illuminés ; et au milieu du théâtre un transparent portant
ces mots : *A la belle Angiolina, fille d'un gondolier.*)

TOUS.

Ciel !

CHOEUR, *à voix basse.*

AIR *de Béancourt.*

Fille d'un gondolier, la plaisante aventure !
Quelle est celle de nous qui veut former sa cour ?
Fille d'un gondolier, quelle naissance obscure !
Fuyons, sans plus tarder, fuyons de ce séjour.

(Les femmes et les nobles se dispersent en tumulte, et laissent le
Doge et la duchesse seuls sur la scène.)

LE DOGE, *se levant et descendant du trône.*

Que signifie !

ANGIOLINA, *avec un cri, lui montrant l'inscription.*

Voyez, Doge, voyez...

LE DOGE.

Les misérables !

(Angiolina tombe sur les marches du trône.)

FIN DU PREMIER ACTE.

ACTE DEUXIÈME.

(Le théâtre représente l'intérieur d'une maison du peuple à Venise.
Une lampe veille sur une table.)

SCÈNE PREMIÈRE.

THÉRÉSINA.

(*Au lever du rideau Thérésina est endormie près de la.
table. La musique continue. Elle rêve.*) Sténo !... Seigneur...
prenez pitié de moi. C'est à vos pieds...(*Elle pousse un cri.*)
Ah !... (*Réveillée avec joie.*) Ce n'est qu'un songe ! Mais
toujours cette image.... toujours !... La nuit va bientôt finir
et Bertram n'est pas encore rentré ! quelle inquiétude est
la mienne !... Bertram, alarmé de mes longues absences,
croit que je le trahis pour un de ces grand seigneurs que sa
haine poursuit, et je ne puis lui dire que l'épouse du Doge
est ma sœur. ... Angiolina m'a fait jurer de lui cacher toujours ce mystère... Je n'aurais pas dû faire ce serment. ...
à qui confiera-t-on ses secrets si ce n'est à son époux ?...

AIR : *Ouvrez, gentille dame.*

Voici déjà l'aurore ,
Et mon époux encore
Ici n'a point paru.
Bertram, où donc es-tu ?
Mon cher Bertram, reviens... où donc es-tu ?
Douterais-tu de ma tendresse ?
Je ne vis que pour toi,
Et ton cœur me délaisse !
Viens calmer mon effroi !

(Elle écoute.)

Quel silence effrayant !
Que faire ? quel tourment !
Bertram , hélas !
N'arrive pas.

(Tonnerre , éclairs.)

Et cet orage qui s'élève !

(On frappe à la porte du fond.)

On frappe.... le voilà !.... je respire , enfin....
Comme je vais le gronder ! (*Elle ouvre. Avec un cri :*)Ce n'est
pas lui !

SCÈNE II.

THÉRÉSINA, ANGIOLINA.

THÉRÉSINA.

Quelle étrange aventure !

ANGIOLINA *jetant le manteau qui la couvre.*

Que ton cœur se rassure,
Thérésina, c'est moi !

THÉRÉSINA.

Eh ! quoi, ma sœur, c'est toi ?
Ma bonne sœur... ah ! parle, est-ce bien toi !

ANGIOLINA.

Oui, calme ta frayeur extrême ;
Dans ton humble réduit,
Tu vois ta sœur qui t'aime ;
La honte l'y conduit.

THÉRÉSINA.

ENSEMBLE.

Quel mystère effrayant !
Quel peut être ton tourment !
Ne pleure pas,
Viens dans mes bras.

ANGIOLINA.

Ce mystère effrayant
Qui cause mon tourment,
Me suit, hélas !
Jusqu'en tes bras.

THÉRÉSINA.

Angiolina... ma sœur... reviens à toi ! Tu es près de Thérésina... sur le sein de ta meilleur amie... dans la chaumière de notre bon père...

ANGIOLINA, *oppressée par les sanglots.*

Ah ! ma sœur, comme ils m'ont traitée ! Déjà le bandeau royal avait paré ma tête... on attendait ma présence avec respect, avec amour... Je le croyais du moins !... Je parais !... pour recevoir des hommages... et... tout-à-coup... je n'ai plus rien vu. (*Après une pause*) Quand j'ai repris l'usage de mes sens, tout avait disparu comme un songe... Un silence effrayant régnait autour de moi... j'étais seule... abandonnée... mes ornemens foulés aux pieds... j'ai frémi !! Guidée par un trouble extrême, irrésistible, qui dominait malgré moi toutes mes pensées... j'ai fui le palais... incertaine sur l'asyle que je devais choisir... Une gondole frappe ma vue... ô souvenir du Lido !.. terre chérie, où je suis née ! quel charme de te revoir en-

core.. Ma sœur!.. que te dirai-je ?.. J'ai franchi les lagunes;
ma main a guidé la rame.... et l'épouse du Doge est venue
frapper à la porte hospitalière du pauvre gondolier.... Mais
Bertram, où donc est-il ?

THÉRÉSINA.

Je l'ignore.... Il me fuit... il me croit coupable.... et je
sens que je le suis. Ah! pourquoi lui ai-je caché les motifs
de mes fréquentes absences.... Bertram est trop fier pour
se plaindre... mais il souffre, je le vois. Hier soir, il m'a ra-
menée ici, et puis il est allé, je ne sais où... rejoindre ses
nouveaux amis...

ANGIOLINA.

Ses nouveaux amis !...

TÉRÈSINA.

Oui, des gondoliers, des matelots, des soldats qui s'entretiennent de Venise, de patrie, de peuple mécontent,
qui se taisent quand j'ai l'air d'écouter, et qui me font l'effet
de venir ici pour toute autre chose que pour voir Bertram...
Et tiens; il y a là, dans une cassette, des papiers qu'on
me laisse parce que je ne sais pas lire, et qui doivent conte-
nir des choses bien terribles.

ANGIOLINA.

Quels soupçons !.... Thérèsina.... Bertram doit apprendre enfin que tu as une sœur.... Il va me voir.... il va me
connaître... il te rendra toute sa confiance... Mais cachons-
lui toujours quel est mon rang ; il y va de son salut et du
tien, peut-être.

TÉRÈSINA.

Que veux-tu dire ?

ANGIOLINA.

Ce que tu viens de m'apprendre....

Fragment de Marie.

THÉRÈSINA.

On vient, c'est Bertram qui s'avance.

ANGIOLINA.

Seul ?

THÉRÈSINA.

Non, un étranger le suit.

ANGIOLINA.

Je veux éviter sa présence ;
Ma sœur, retirons-nous sans bruit.

(Elles entrent dans la chambre de Thérésina.)

SCÈNE III.

BERTRAM, STÉNO, *avec une mandore en sautoir.*

BERTRAM.

Entrez, vous trouverez ici un abri pendant l'orage....
vous êtes chez moi.

STÉNO.

Merci !... Le jour de la fête du Lido commence mal, le
tems est horrible !

BERTRAM, *d'un air sombre.*

Il ne faut qu'un instant pour passer de la tempête au
temps le plus calme.

STÉNO, *à part.*

D'après les renseignemens de Peppo.... ce serait ici la
demeure de la jolie petite gondolière, sœur de l'épouse de
notre vieux Doge....

BERTRAM, *à part.*

Thérésina ne serait pas encore rentrée !

STÉNO.

Dites-moi, brave homme..., est-ce que vous habitez seul
cette maison ?

BERTRAM.

Que vous importe ?

STÉNO, *à part, en riant.*

Politesse de gondolier.... c'est égal, ne nous rebutons
pas... (*Haut.*) Vous pourriez me rendre un service...

BERTRAM.

Je ne demande pas mieux que d'obliger.

STÉNO.

Oh ! le service sera bien payé... j'ai là une bourse rem-
plie de sequins neufs, à l'effigie du Doge... Veux-tu les
voir ?

BERTRAM.

Non ... quand j'oblige c'est toujours sans demander de
salaire....

STÉNO, *remettant la bourse dans sa poche.*

Comment !... j'aime autant ça. Ecoute... Tu diriges une
gondole avec une adresse admirable .... la tienne est près
du rivage... dans un lieu écarté, c'est précisément ce qu'il
me faut ; elle est libre? aussitôt que le beau-temps sera re-
venu, et que la danse de ces bons gondoliers sera com-
mncée, tu iras m'y attendre... Je ne tarderai pas à te

joindre avec une jeune beauté du Lido, et profitant du tumulte et de la fête, comprends tu ? ....

BERTRAM.

Je vous entends... Vous êtes un noble, et vous vénez séduire la fille ou peut-être la femme de l'un de mes frères! je vous oblige, et vous m'offrez de trahir mes amis! je vous donne l'hospitalité, et vous me demandez un lâcheté !.... Eloignez-vous. (*Avec entraînement*) Il est des vengeances terribles, ce soir votre place est au palais du sénat et non à la fête des gondoliers:

STÉNO.

Pas mal.... de la morale et des conseils!.. Allons, mon cher hôte, ne vous emportez pas; vous me rappelez le fameux lion de la place Saint-Marc.... oui...

AIR : *J'en guette un petit de mon âge.*

> Dans ce bronze qui représente
> Et la force et la majesté,
> Je vois une image frappante
> De votre brusque aménité...
> Ce lion, qui vraiment étonne,
> Roule des yeux étincelans ;
> Il montre la griffe aux passans,
> Et ne fait de mal à personne.

BERTRAM, *avec mépris.*

Tous les lions de Venise ne sont pas en bronze !

STÉNO.

C'est possible. Mais il s'agit bien ici de Venise, de vengeance. Je suis un modeste chanteur de fêtes, le hasard m'a fait rencontrer une jeune gondolière, j'en suis devenu amoureux, je l'ai demandée en mariage, on me la refuse, je veux l'enlever, c'est dans l'ordre. Hésitez-vous encore à me servir?

BERTRAM.

Oui, et personne ne vous prêtera son secours; mais l'orage cesse, vous pouvez continuer votre chemin.

STÉNO.

C'est juste. (*A part.*) Je reviendrai dès que je le verrai s'éloigner. (*Haut.*) Je vous remercie bien de votre aimable hospitalité.

BERTRAM, *à part.*

Au diable !

STÉNO, *à part.*

Ah! ah! j'entends des voix de femmes dans la chambre voisine, si je pouvais m'assurer...

(Il s'approche de la chambre.)

BERTRAM, *qui le croit sorti.*

Oui, ce soir nous serons vengés de l'insolence de ces nobles, qui se font un jeu de notre déshonneur!

STÉNO, *regardant par la serrure.*

Ah! voilà ma petite gondolière, elle est avec une autre femme dont je ne puis distinguer les traits.

BERTRAM.

Thérèsina.... Perfide Thérèsina !

STÉNO, *se rapprochant vivement.*

Hem!... que dis-tu de Thérèsina ?

BERTRAM, *avec fureur.*

Encore ici ?

STÉNO.

Il pleut toujours. Thérèsina! c'est sans doute le nom de ta sœur ?

BERTRAM.

C'est celui de ma femme.

STÉNO, *à part.*

Sa femme!... et moi qui l'ai prié de me prêter sa gondole pour l'enlever. Ces choses là n'arrivent qu'à moi. (*Le regardant.*) Voilà donc le beau-frère du Doge, c'est donc pour ça qu'il est si fier ! Je fais mon compliment au prince de Venise sur son aimable parenté. *(Haut.)* Au revoir, noble gondolier.

(Il sort.)

BERTRAM.

Oui, noble! (*A part.*) Si la noblesse est dans le désir de la vengeance. Enfin le voilà parti. (*Allant à la porte de la chambre.*) Thérèsina! Thérèsina! c'est elle, peut-être, que cherchait cette aventurier. Si je le croyais... Thérèsina!

SCÈNE IV.

BERTRAM, ANGIOLINA, THÉRÈSINA.

BERTRAM.

Que vois-je ?

ANGIOLINA.

D'où vient ton trouble.... ton agitation.... Thérèsina est

toujours digne de toi. Elle doit, à mon amitié cette fortune
dont tu ignorais l'origine ; elle veille sur ta destinée, et tu
doutes de sa foi ; tu lui fais un crime de garder un secret
qui n'est pas le sien, et toi-même tu prétends lui cacher les
projets hardis que tu trames dans l'ombre au péril de ta vie
et de la sienne.

BERTRAM, *à part*.

Quel langage !

ANGIOLINA.

Simple gondolier, sans crédit, sans appui peut-être, tu
oses rêver le bouleversement d'un empire, et au milieu des
dangers qui te pressent, ton esprit est assez libre encore
pour se livrer à des soupçons jaloux ; de la jalousie, Bertram ! et tu conspires.

BERTRAM.

Moi !

ANGIOLINA.

Tu conspire, je le sais ; j'ai vu ce que renferme la cassette déposée dans la chambre... là...

BERTRAM *à Thérésina*.

Malheureuse ! tu as osé...

THÉRÉSINA.

C'est ma sœur !...

BERTRAM.

Ciel ! sa sœur.

ANGIOLINA.

Qui vient pour te sauver, et non pour te trahir...

BERTRAM.

Me sauver, et comment ?

THÉRÉSINA *avec entraînement*.

Tu ne sais pas, Bertram, quel est son pouvoir, c'est la
femme...

ANGIOLINA *l'interrompant*.

La femme d'un homme qui plus que vous a souffert des
outrages... ils sont réels ceux-là, mais il ne conspire pas
pour s'en venger...

THÉRÉSINA.

Mon ami, c'est là ce mystère que je te taisais, mes visites
au palais, cet or que je t'en rapportais !...

BERTRAM.

C'est assez, j'avais tort ; mais je vois que son époux rou-
gissait de m'avoir pour frère.

ANGIOLINA.

Bertram, garde-toi de le croire...

BERTRAM.

N'importe... il n'est plus tems de reculer... adieu...

THÉRÉSINA, *avec inquiétude.*

Où vas-tu?

BERTRAM.

Où l'on m'attend... Sœur de Thérésina, vous possédez mon secret; cette entreprise hardie à laquelle je me suis associé est votre ouvrage : la jalousie inspirée par les secrettes démarches de Thérésina m'y a décidé; je me croyais trahi, abandonné pour un noble, et j'ai voulu me venger... Oui, il n'est plus tems de vous en faire un mystère. Par mes soins, il existe une réunion secrète d'hommes liés par un serment terrible, cœurs fidèles et vaillants qui ont passé par toutes les chances de la fortune, et long-tems gémi sur les destinées de cette république. Enfin, tout est disposé pour un coup soudain; nos amis de Venise sont nombreux, ils sont prêts...

ANGIOLINA, *d'un ton froid, qui contraste avec l'agitation visible que fait naître le récit qu'elle écoute avec une attention marquée.*

Qu'attendent-ils donc?

BERTRAM.

Un chef!... Tous les conjurés vont se réunir dans une heure pour le choisir, en pleine mer, à la pointe du Lido... et ce soir...

ANGIOLINA.

Ce soir... Et, dis-moi, avez-vous désigné les premières victimes?

BERTRAM.

Les sénateurs, les membres du conseil des dix, Sténo.

THÉRÉSINA.

Sténo!...

ANGIOLINA.

Achève... et le Doge?...

THÉRÉSINA, *vivement.*

Ah! le Doge!...

ANGIOLINA, *l'interrompant par un cri, et reprenant aussitôt une tranquillité apparente.*

Ma sœur!...

BERTRAM.

Le Doge...

ANGIOLINA.

Ma sœur, laisse-le parler...

BERTRAM, *qui n'a pas vu le premier mouvement, continue.*

Brave dans la guerre et sage dans le conseil, Faliero aime la liberté; il voit que le peuple est sous un joug oppresseur, il partage ses souffrances, on le dit.

ANGIOLINA.

Il est vrai. (*Froidement, mais avec inquiétude.*) Et quel sort lui réservez-vous?...

BERTRAM.

La mort, s'il se déclare contre nous!...

ANGIOLINA, *bas d Thérèsina, qui fait un mouvement pour parler.*

Tais-toi, ma sœur...

BERTRAM.

Vous pâlissez!

ANGIOLINA.

Moi! non; j'écoute!

BERTRAM.

Mais notre vœu serait de l'avoir pour chef dans le moment, et plus tard pour souverain.

ANGIOLINA.

Pour souverain! pour souverain!

UNE VOIX *en dehors.*

Bertram!

BERTRAM.

On m'appèle!

ANGIOLINA.

Qui?

BERTRAM.

Les conjurés... Sœur de Thérèsina, quelque soit le motif qui a pu vous éloigner si long-temps de nos bras... ce mystère, je le répète, m'a poussé dans le chemin dangereux où je suis engagé. Je vous laisse libre, et pourtant je devrais... Voyez si vous voulez que votre retour auprès votre sœur soit le signal de la mort et de la honte de Bertram....

(*Mouvement d'Angiolina.*)

ANGIOLINA.

Ah! Bertram...

BERTRAM *lui pressant la main.*

Je suis tranquille, adieu!   (*Il sort.*)

SCÈNE V.

ANGIOLINA, THÉRÈSINA.

ANGIOLINA *allant à Thérèsina et la ramenant en scène vivement.*
Thérèsina !..

THÉRÈSINA *sans l'écouter.*
Son péril me fait trembler !

AGIOLINA.
Rassure-toi, je serai son appui. Cours au rivage, et que dans un instant ta gondole soit prête.

THÉRÈSINA.
Quoi ! partir ?

ANGIOLINA.
Je retourne au palais ducal ; tu me suivras.

THÉRÈSINA.
Ton projet ?

ANGIOLINA.
Tu le sauras... à Venise... aux pieds du Doge.

THÉRÈSINA.
Ah ! ce mot me rend le courage.

ANGIOLINA, *la conduisant.*
Pars, te dis-je, le tems presse, hâte-toi de venir me rejoindre. Va, ma sœur ; je t'attends.

(Elle suit un moment Thérèsina des yeux, lui fait signe de se hâter
et vient s'asseoir à la table pour écrire.)

SCÈNE VI.

ANGIOLINA, STÉNO.

ANGIOLINA, *écrivant.*
Oui, je sauverai Venise... je sauvrai Bertram... C'est le
ciel qui m'a conduit ici pour dévoiler ce complot...

STÉNO, *apercevant Angiolina, qu'il prend pour Thérèsina.*
Je viens de voir le mari s'éloigner, le moment est favo-
rable. Ah ! tout me sert à souhait... la voilà... Elle écrit...
quelque rendez-vous... à moi peut-être...

ANGIOLINA, *de même.*
Ils respectent le Doge ; ils ne sont qu'égarés... Je les
ferai rentrer dans leur devoir.. Les loix de mon pays seront
maintenues, et ce triomphe ne coûtera ni larmes ni sang.

STÉNO.

Belle Thérésina ! enfin je vous retrouve... (*Angiolina se retourne.*) Grand Dieu ! mes yeux ne me trompent-ils pas ?

ANGIOLINA, *avec dignité.*

Sténo !

STÉNO.

Pardon, Madame... En vérité je crois que c'est un rêve... Vous !. dans cette cabane ! à cette heure et sous ces habits.

ANGIOLINA, *avec ironie.*

Ne suis-je pas la fille d'un gondolier?.. J'éprouve une plus grande surprise, seigneur Sténo... et c'est de vous y voir... Quand vos pareils s'abaissent jusqu'à paraître dans la demeure d'un gondolier, c'est qu'ils ont à satisfaire quelque projet funeste à l'honneur des familles.

STÉNO.

Je vois... encore des préventions contre la noblesse... justes peut-être en ce moment à vos yeux... Je ne dis pas... vous devez être irritée... l'événement d'hier soir... Mais,... à Venise... nous tenons singulièrement à nos ayeux... et nous exigeons qu'on en ait, pour régner !... Depuis cette impertinente inscription les dames nobles jettent les hauts cris...Croiriez-vous que l'on ne parle rien moins que de forcer le Doge à rompre vos liens !

ANGIOLINA.

Rompre nos liens !... lui, mon époux....

STÉNO.

Le sénat est puissant et Marino Falicro affaibli par l'âge...

ANGIOLINA.

Rompre nos liens !... Le feu de la honte couvre encore mon visage.

STÉNO.

Oh ! rassurez-vous, Madame ; il est aussi parmi nos patriciens des cœurs généreux tout prêts à embrasser votre défense, et si vous vouliez choisir Sténo pour votre chevalier.

ANGIOLINA.

Sténo, mon chevalier... je croyais que sa main était plus habile à manier la mandore que l'épée.

STÉNO.

Madame !...

ANGIOLINA.

Et je n'aurais jamais pensé que lorsqu'on insultait un vieillard on était assez brave pour défendre une femme.

STÉNO.

Madame...

ANGIOLINA.

Rompre nos liens..! Retire-toi, Sténo, car je suis, dans la
chaumière de mon père, plus puissante qu'à Venise... et si
je disais un seul mot...

DUO.

Air de *Wallace*.

Moi je perdrais l'empire,
Mon époux et l'honneur ;
Et tu l'oses redire
Ce projet plein d'horreur !

STÉNO.

Votre courroux vous rend charmante !

ANGIOLINA.

Fuis !... ou j'appelle mes amis !...

STÉNO.

Par sa douceur elle m'enchante.

ANGIOLINA.

Fuis !

STÉNO,

Vous le voulez, j'obéis.

ANGIOLINA.

Fuis, téméraire ;
De ma colère
Redoute ici
Le premier cri !
Bientôt peut-être
Tu vas connaître,
Et mon espoir
Et mon pouvoir.

ANGIOLINA.

Fuis téméraire, etc.

STÉNO.

ENSEMBLE.

En téméraire,
De sa colère,
Je brave ici.
Le premier cri, etc.

(Il sort.)

ANGIOLINA.

Rompre nos liens !.. plutôt la mort !

SCÈNE VII.

ANGIOLINA, THÉRÉSINA.

THÉRÉSINA.

La gondole est prête, ma sœur; viens, partons pour Venise.

ANGIOLINA.

Pour Venise!... non!...

THÉRÉSINA.

Viens obtenir la grâce de Bertram.

ANGIOLINA.

La grâce de Bertram! demander la grâce des cœurs généreux qui se dévouent pour sauver la patrie... Partir pour Venise lorsque l'on s'arme au Lido pour punir nos tyrans!... Non... ma sœur, non; au Lido... au Lido...

(Elle entraîne Thérésina.)

(Le théâtre change et représente la pleine mer, vers la pointe du Lido; elle est couverte de gondoles rangées les unes contre les autres; elles sont remplies de conjurés.)

SCÈNE VIII.

BERTRAM, LES CONJURÉS, UN JEUNE GONDOLIER, *dans une nacelle avec une mandore.*

AIR *de la Tyrolienne de Mad. Malibran.*

Accourez tous, enfans de ce rivage;
Accourez tous, désertez vos foyers.
Le jour qui luit sur ces riantes plages
Est le plus beau des pauvres gondoliers.

LES GONDOLIERS.

Ah! ah! ah! ah! ah! ah! ah! ah!

LE JEUNE GONDOLIER.

Joyeux enfans, que le Lido vit naître,
Voici l'instant de cueillir des lauriers;
Notre devise aujourd'hui doit paraître:
Mort aux tyrans, et gloire aux gondoliers!

LES GONDOLIERS.

Ah! ah! ah! ah! ah! ah! ah! ah!

SCÈNE IX.

PEPPO, BERTRAM.

(Une nacelle où se trouve Peppo s'avance sur le premier plan.)

BERTRAM, *qui est dans un gondole.*

Que vois-je? c'est une des gondoles du palais! Qui donc
nous apporte-t-elle?

LE GONDOLIER.

Un traître, sans doute.

BERTRAM.

Comment? c'est le seigneur Peppo, l'ordonnateur des fêtes
du palais, le courtisan des courtisans.

TOUS LES GONDOLIERS *avec des cris.*

A la mer! à la mer! (*Mouvement.*)

PEPPO.

Mes amis, comme vous y allez!

TOUS.

A la mer! ou nous sommes trahis.

PEPPO.

Ecoutez-moi d'abord,... et vous me ferez faire ensuite le
plongeon, si vous le jugez à propos.

BERTRAM.

Que viens-tu faire ici?

PEPPO.

Conspirer avec vous!... je conspire...

BERTRAM.

Qui t'a dit que nous conspirions?

PEPPO.

Le chef de l'Arsenal... qui m'a initié.

BERTRAM.

La preuve...

PEPPO, *tirant un ruban rouge de son sein.*

La voilà!...

BERTRAM.

C'est un frère.

PEPPO.

Rinaldini m'a dit que vous étiez réunis pour choisir un
chef.

BERTRAM.

Et tu viens t'offrir?

PEPPO.

Moi! je vous demande si j'ai l'air d'un chef?... Rinaldini me dépêche vers vous pour vous apprendre qu'il a ga-

gné la compagnie des esclavons..., et qu'à minuit... les
portes de l'Arsenal vous seront ouvertes...Etes-vous con-
tens de la nouvelle... et voulez-vous me jeter encore à la
mer ?

TOUS.

Vive Peppo !

PEPPO.

C'est ça; vive Peppo ! maintenant...: Non, ne vous gênez
pas : jetez moi aux requins ; vous y perdrez plus que moi...
car, ce soir, je me suis engagé à vous ouvrir à tous le bal du
Sénat...

BERTRAM.

C'est dans ce bal que commencera notre vengeance !...

PEPPO.

Et la mienne donc !...

BERTRAM.

La tienne?... toi qui vivais parmi ces grands que nous
voulons renverser.

PEPPO.

Je vous demande un peu.... si, fait comme je suis, je pouvais être pour la grandeur... d'ailleurs, la meilleure raison...
c'est que j'ai perdu ma place.

BERTRAM.

C'est assez!... Sommes-nous tous réunis?

LE GONDOLIER.

Une gondole s'avance encore du côté du Lido.... il n'y a
que des femmes....

TOUS.

Des femmes !!

PEPPO.

Dites donc, je ne réponds plus du secret de la conspiration.

BERTRAM, *prenant une arbalète.*

Gondolière! double la pointe de Lido. (*Il ajuste.*)

LA VOIX DE THÉRÉSINA, *de loin.*

Bertram! Bertram!... c'est Thérésina.

BERTRAM.

Thérésina ! que veut-elle ?

THÉRÉSINA.

Je vous amène le chef que vous attendiez....

BERTRAM.

Quel mystère !.

CHOEUR *à voix basse et de gondole à gondole.*

Un chef! Quel est donc ce mystère?
Approchez, approchez sans peur;
Pour remplir ce grand ministère
Il nous faut un homme de cœur.

SCÈNE X.

LES MÊMES, THÉRÈSINA, *conduisant la gondole,*
ANGIOLINA.

(La gondole vient se ranger à droite contre celle de Peppo.)

BERTRAM, *avec humeur.*

Thérèsina... Ce chef, quel est-il?

ANGIOLINA, *s'élançant sur le devant de la gondole.*

Le voici!...

PEPPO.

Maladetto, mes amis!... c'est la femme du Doge!

TOUS.

La femme du Doge!...

ANGIOLINA.

Oui, la femme du Doge!... mais la sœur de Bertram...
Mes amis, je viens partager vos périls, je viens m'associer
à votre vengeance... Aujourd'hui, Angiolina ne veut être
qu'une gondolière. ... mais elle veut être votre chef pour
vous conduire dans ces palais... dont ses affronts connais-
sent tous les détours... Mes amis, c'est vous que les patriciens poursuivent en moi... moi, fille d'un gondolier
comme vous; et c'est moi qui veut les poursuivre. ... les
écraser avec vous... Laissez-moi vous montrer la place où
vous devez frapper!.... Rendre le peuple heureux, c'est
venger le cœur généreux de Faliéro; confiez-vous à la reconnaissance que je dois au Doge... confiez-vous à la haine
que je porte aux patriciens!.... Ce soir, nos tyrans seront
punis!....

TOUS.

Vive l'épouse du Doge!

ANGIOLINA.

Non, mes amis : vive le Doge et mort à nos tyrans!

TOUS.

Vive Faliéro!

PEPPO, *à part.*

Quelle gaillarde, que cette petite femme là!

FINAL.

Air *d'Adam.*

ANGIOLINA, *avec entraînement.*

Levez-vous ! sauvez la patrie !
Vous connaissez vos lâches oppresseurs;
Vous me suivrez, et d'une main hardie
La liberté guidera ses vengeurs.
Venise attend et par ma voix vous crie :
Vive le Doge ! et mort aux oppresseurs !
    Armez-vous, sauvez la patrie,
Angiolina guide vos bras vengeurs.

CHŒUR *des conjurés entraînés.*

Armons-nous ! sauvons la patrie !

ANGIOLINA.

(Fragment de *Guillaume Tell*, du Vaudeville.)

    D'un bal, la Cour fait les apprêts,
    Nos ennemis sont sans alarmes;
    Que nos tyrans, dans leurs palais,
    Ce soir n'entendent que vos armes.

TOUS.

Aux armes !

ANGIOLINA.

    Amis, avant de partir,
  Jurez de vaincre ou de mourir !

TOUS.

  Jurons d'armer nos bras vengeurs ;
  Et qu'Angiolina nous conduise !
  Partons ! partons ! gloire à Venise,
  Et périssent nos oppresseurs !

(Au bruit des acclamations, les gondoles s'ébranlent sous l'effort
des rameurs en se dirigeant du même côté ; bientôt on voit apa-
raître Venise avec ses monumens.)

Air *de la Tyrolienne.*

LE JEUNE GONDOLIER.

Le flot du soir, amis nous favorise.
Mais pour cacher notre complot guerrier,
En approchant de la belle Venise,
Redisons tous les chants du gondolier.

LES GONDOLIERS.

Ah ! Ah ! Ah ! Ah ! Ah ! Ah ! Ah !

(*Le Rideau tombe.*)

FIN DU DEUXIÈME ACTE.

ACTE TROISIÈME.

(Le théâtre représente un boudoir très-riche, éclairé par une lampe.)

SCÈNE PREMIÈRE.

ANGIOLINA, *assise à une table et écrivant.*

L'heure va bientôt sonner ! et si le ciel me seconde, demain, au retour de l'aurore, Angiolina sera reine de Venise... Demain, ces insolens patriciens connaîtront la fille du pauvre gondolier... Les lâches !... outrager un vieillard... insulter une femme... rompre nos liens !.. Voici la liste des proscrits, et des instructions pour le successeur que j'ai fait donner à Peppo... et qui doit fournir les costumes du bal... Quel bal !... quelle fête !... Eloignons cette affreuse idée... les bienfaits du Doge et ceux d'Angiolina effaceront un jour le sang qui va couler... Du sang !....... le mien se glace dans mes veines. (*Se levant vivement.*) Il le faut. (*Elle sonne à droite ; un valet paraît.*) Où est Piétro ?

LE VALET.

Auprès du Doge, j'ai pris sa place dans cette antichambre.

ANGIOLINA *à part.*

Cet homme a toute ma confiance ; hésiter d'ailleurs serait éveiller des soupçons. (*Reprenant son assurance et sa dignité.*) Allez sur-le-champ porter ces lettres. (*Le valet s'incline et sort.*)

(Elle sonne à gauche ; une femme paraît.)

Mon costume de bal. (*La femme rentre.*) Allons, tâchons de cacher, sous l'apparence de la gaîté, le trouble qui m'agite et l'impatience où je suis.

(La femme entre suivie d'autres femmes ; elles portent un costume élégant de Bohémienne danseuse.)

RÉCITATIF.

Préparez-vous, voici l'instant où la folie,
Des jeux va donner le signal,
Bannissons les ennuis qui pèsent sur ma vie,
Et ne songeons qu'aux plaisirs de ce bal.

Air *du Concert.*

Quel plaisir
D'éblouir
Par sa présence ;
De charmer,
D'enflammer
Et sans aimer ;
Les discours
Des amours
Sont sans puissance
Quand l'époux qu'on aime
Règne encor là,
La, la, la, la, la, la, la.

(Pendant qu'on l'habille.)

Mais quand je songe à la vengeance,
Mon cœur frémit d'impatience.

(Elle fait un geste violent ; mais voyant qu'on l'observe, elle reprend
devant sa glace.)

Tra la, tra la, tra la.

CHŒUR *à voix basse et à part.*

Ah ! qu'elle est bien,
Quel doux maintien,
Et que d'appas !
Oui, sur ses pas
Le doux plaisir
Doit accourir.

ANGIOLINA.

Dans ce bal,
Sans égal,
Tout se réveille.
Quels momens
Eloquens
Pour les amans !
Taisez-vous,
Un jaloux
Prête l'oreille,
Sous le masque caché,
Vers vous penché.
La, la, la, la, la, la, la.

(Pendant qu'on achève de l'habiller.)

Mais si le destin me réserve
Les fers ou la mort...On m'observe!

(Elle se place devant la glace et arrange ses cheveux.)

La, la, la, la, la, la, la.

CHŒUR.

Ah ! qu'elle est bien, etc.

SCÈNE II.

Les Mêmes, LE DOGE.

LE DOGE, *aux femmes.*

Retirez-vous. (*Elles sortent.*)

ANGIOLINA, *à part.*

Le Doge !

LE DOGE.

Ma visite a droit de vous surprendre ; mais... je ne viens
point mettre obstacle à vos plaisirs.. car je vois, à ce déguisement, que vous vous disposez à paraître au bal, où le Sénat
réunit, cette nuit, tout ce que Venise a de plus brillant.

ANGIOLINA.

Oui, Seigneur ! je vais à ce bal, et je n'ai pas prétendu
vous en faire un mystère ; jamais le cœur d'Angiolina n'aura
de secrets pour vous.

LE DOGE.

Jamais !... Vous me trompez !...

ANGIOLINA.

Moi !

LE DOGE.

Vous !... et j'avais cru mériter plus de confiance.... Aujourd'hui, vous vous êtes rendue à la maison de Bertram,
sous le costume d'une gondolière...

ANGIOLINA, *à part.*

Ciel !

LE DOGE.

Vous y avez vu Sténo !

ANGIOLINA, *à part.*

Il sait tout !...

LE DOGE.

Et c'est pour le revoir, sans doute, que vous allez au
bal du Sénat ?

ANGIOLINA.

Pour le revoir !... lui, Sténo !... Seigneur, vous ne le
croyez pas ?...

LE DOGE.

Angiolina, le bruit de Venise vous accuse... Et ce n'est
pas tout que l'épouse du Doge soit vertueuse... il faut en-

core qu'elle ne soit pas soupçonnée... L'honneur vous défend de paraître à la fête du Sénat.

ANGIOLINA, *à part.*

Grands Dieux! renoncer à ce bal!... (*Haut.*) Seigneur, je ne le puis... votre honneur et le mien me font un devoir d'y courir.

LE DOGE.

Votre honneur! le mien!... Ce langage est fait pour me surprendre. La noblesse de Venise vous outrage... et vous voulez vous exposer encore à ses mépris!

ANGIOLINA.

Seigneur... laissez-moi mon secret.

LE DOGE.

Eh bien! gardez-le donc tout entier, en reprenant ces deux lettres adressées, l'une à Bertram, l'autre au successeur de Peppo, et qui pourraient, peut-être, appuyer les rapports affreux que l'on m'a faits.

ANGIOLINA, *à part.*

On m'a trahie!

LE DOGE.

Vous le voyez, le cachet n'en est pas brisé..... J'ignore tout... mais quels rapports peuvent-ils donc exister entre ces hommes obscurs et l'épouse du souverain de Venise?

ANGIOLINA.

L'un de ces hommes obscurs est le beau-frère du Doge... et l'autre... (*L'heure sonne.*) Dieu! voici l'heure!

LE DOGE.

Quel trouble agite vos sens!

ANGIOLINA.

Entendez-vous?... on m'attend.

LE DOGE.

Vous le voulez; je ne vous retiens plus.

ANGIOLINA.

Je pars!... Mais vous, vous Seigneur, vous mon bienfaiteur... vous l'orgueil de ma vie.... gardez ces deux écrits, désormais inutiles... Bientôt ils vous attesteront que votre épouse est toujours digne de vous, et l'un d'eux vous montrera si le lâche Sténo doit m'attendre... Ah! si vous pouviez savoir... si je pouvais vous dire!... Gardez ces deux écrits, Seigneur, vous pourrez les lire dès que j'aurai franchi le seuil de ce palais; mais jurez-moi que le Doge ne trahira pas le secret que ces lettres vont lui révéler.

LE DOGE.

Quel mystère !

ANGIOLINA.

J'attends de vous ce serment..... je le demande à vos pieds...

LE DOGE, *la relevant.*

Angiolina !

ANGIOLINA.

Ne refusez pas cette grâce à la fille du pauvre gondolier.

LE DOGE.

Relève-toi... Angiolina ; ce serment que tu exiges, je le fais... oui, je te le jure, le Doge ne trahira pas le secret que tu confies à ton époux !

ANGIOLINA.

Maintenant, pressez dans vos bras votre Angiolina.

LE DOGE, *la pressant dans ses bras.*

Ma fille !

ANGIOLINA.

Votre épouse ! toujours digne de vous, et bientôt digne de Venise... Adieu... adieu !...

(Elle s'échappe en courant.)

SCÈNE III.

LE DOGE, *seul.*

Digne de Venise!.... Qu'a-t-elle voulu dire ?.... Je suis impatient d'apprendre... (*Il s'assied, ouvre la première lettre et lit.*) « *Giovanni, successeur de Peppo, ne délivrera des dominos rouges qu'aux patriciens dont les noms suivent, et qui sont dévoués à la mort.* » Grand Dieu! quel complot!... et ces noms (*Il lit.*): «*Lorenzo, Contarini, Stèno !..*» Se peut-il que la vengeance d'une femme !.... (*Il déchire l'autre enveloppe et lit.*) « *Bertram fera réunir tous les conjurés dans la grande salle des drapeaux, devant le portrait du dernier Doge.* » (*S'interrompant.*). Dieu!.... (*Lisant.*) « *C'est dans un des passages secrets qui conduisent du palais ducal au Sénat que nous trouverons les armes nécessaires à l'accomplissement de nos projets; et quand la cloche de St.-Marc sonnera, voici notre mot de ralliement : M or t aux tyrans, gloire à Marino Faliéro, roi de Venise !..* » Roi de Venise !.. Ah ! j'avais rêvé ce titre éclatant avant que les insultes des patriciens, jointes à l'outrage des ans, n'eussent refroidi mon courage et flétri ma pensée.... Aujourd'hui, que suis-je pour être roi ?... un faible vieillard penché sur la tombe où tendent tous ses vœux.... un prince déjà mort pour l'ambition, un soldat outragé qui ne voudrait pas mourir sans vengeance... Et c'est une femme dont le courage!... A quels terribles châtimens l'expose le désir de venger ses affronts et les miens!... Ignore-t-elle la rigueur de nos lois ?... Ah ! courons la sauver s'il en est temps encore.

SCÈNE IV.

LE DOGE, LORENZO.

LORENZO.

Seigneur, le Sénat rassemblé attend impatiemment la présence de votre altesse.

LE DOGE.

Le Sénat? dans la nuit...

LORENZO.

On parle d'une communication importante : de sourdes rumeurs se répandent dans Venise... On assure qu'une conspiration qui menace la république est sur le point d'éclater.

LE DOGE.

Qu'entends-je ?

LORENZO, à part.

Il se trouble.

LE DOGE.

Suivez-moi, comte de Lorenzo.

(Ils sortent.)

SCÈNE V.

(Le théâtre représente le bal du Sénat. Une foule de masques remplit les galeries. On danse au fond ; et les invités circulent dans la salle des drapeaux, qui forme l'avant-scène. On voit de chaque côté du théâtre le portrait d'un Doge. Des étendards turcs et génois ornent la salle. Sténo, qui circule parmi les masques, vient en scène et se découvre.

STÉNO.

C'est singulier !... un homme masqué, qui m'a reconnu dans la foule, vient de me recommander de ne point quitter mon épée.. et le Sénat, dit-on, se rassemble à la hâte.. Vous verrez que nos bons sénateurs auront encore rêvé quelque conspiration...Quoi qu'il en soit, me voici au rendez-vous qu'on m'a donné... Personne ne paraît encore... ce charmant billet est cependant très positif... (*Il lit.*) « *Si le chevalier Sténo est toujours digne d'être aimé, il se trouvera ce soir au bal du Sénat, et à minuit dans la galerie des drapeaux.* C'est ici. (*Il lit.*) *Son déguisement sera rouge, afin qu'on puisse le reconnaître.* » Me voilà selon les souhaits de la belle mystérieuse... mais par un hasard singulier... tout le monde dans ce bal semble avoir adopté les mêmes couleurs... Je suis impatient de voir l'aimable Vénitienne qui a pu écrire ce billet, car je ne puis deviner...(*Le regardant.*) C'est peut-être la jolie petite marquise de Visconti? ou bien la femme de ce pauvre comte Dandolo. . Vraiment, je ne reconnais plus l'écriture de ces dames; j'en ai tant vu!..

SCÈNE VI.

STÉNO, THÉRÉSINA, masquée.

THÉRÉSINA, à part.

J'ai perdu ma sœur dans le bal... mais... c'est ici qu'elle va se rendre...

STÉNO , l'apercevant.

Une femme !

THÉRÉSINA.

Plus le moment approche, et plus je sens s'affaiblir mon courage... (*Elle aperçoit Sténo.*) Quel est ce masque qui semble m'observer.

STÉNO, à part.

Elle m'examine! peut-être craint-elle de se tromper... ôtons ce masque.

THÉRÉSINA, à part.

Grand Dieu... c'est encore lui!... Lui!... et cette couleur fatale!

STÉNO , *à part.*

C'est la dame au billet... j'en suis sûr... Mais quelle est-elle?... approchons.

THÉRÉSINA, *à part.*

Ah! si je pouvais le sauver.....

DUO.

STÉNO.

AIR : *de Blangini.*

Beau masque, à tes pas je m'attache,
Car c'est vainement qu'on se cache
Lorsque l'on a ta grâce et ton maintien.

THÉRÉSINA.

(*A part.*
Hélas ! quel tourment est le mien
(*Haut.*)
Ah ! fuyez-moi.....

STÉNO.

Non, non, ma belle,
Près de toi le plaisir m'appelle.

THÉRÉSINA.

(*A part.*
Et la mort l'attend en ces lieux !
Des larmes coulent de mes yeux.

Ensemble :

STENO.
Près de moi , bannis tes alarmes ;
Ainsi doit-on trembler jamais,
Quand on a ta grâce et tes charmes:
Beau masque je te reconnais.

THÉRÉSINA.
Rien ne peut bannir mes alarmes ;
Lorsque je songe à leurs projets,
Oui, sur lui je verse des larmes,
Mais je dois garder leurs secrets.

STÉNO.
Rends-moi cette main si jolie,
Et livrons-nous à la folie.

THÉRÉSINA.
Ah! fuyez plutôt ce palais,
Fuyez... pour n'y rentrer jamais.

STÉNO.
Pourquoi me tiens-tu ce langage ?...
A rester le plaisir m'engage,
Et jamais on ne m'a vu fuir
Ni le danger, ni le plaisir.

47

STÉNO.

Ensemble : | Près de moi bannis tes alarmes, etc.

THÉRÉSINA.

Rien ne peut bannir mes alarmes, etc.

THÉRÉSINA.

Si vous êtes prudent, vous ne resterez pas au bal du Sénat.

STÉNO.

Je m'y promets trop de bonheur.

THÉRÉSINA.

Du moins.. allez changer les couleurs de ce déguisement.

STÉNO.

Quel mystère!.. N'est-ce pas vous qui m'avez ordonné de le prendre.

THÉRÉSINA.

Moi?... non.

STÉNO.

Ne me cherchiez-vous pas?

THÉRÉSINA.

Non!...

STÉNO.

Comment se fait-il?...

THÉRÉSINA.

Il en est tems encore... Seigneur... sortez de ce bal...

STÉNO, *à part.*

Sa voix est émue !... (*Haut.*) Ne l'espère pas... Tous les maris de Venise fussent-ils conjurés contre moi...

THÉRÉSINA.

Adieu...

STÉNO.

Tu me fuis?..

THÉRÉSINA.

Je le dois... Mais... écoute... écoute... un dernier avis... Puisque tu ne veux point quitter ce bal ou changer ce déguisement... Sténo... garde ton épée...

(Elle s'enfuit.)

STÉNO.

Quel étrange rapport!.. Courons interroger Peppo.

(Il se perd dans la foule qui de nouveau inonde le théâtre.)

SCÈNE VII.

Les Masques, ANGIOLINA, THÉRÉSINA, *revenant.*

(Tout le monde danse au fond pendant le morceau suivant.)

SCÈNE VIII.

Les Mêmes, BERTRAM, Conjurés (*avec des déguisemens noirs*).

(Musique de *Béancourt.*)

ANGIOLINA.

Est-ce vous ?

BERTRAM.
Nous voici.

THÉRÉSINA.

De la prudence !

ANGIOLINA.
Attendons le signal.

THÉRÉSINA.

Du silence !

ANGIOLINA.
Tous nos amis..

BERTRAM.
Sont réunis ;

ANGIOLINA.
Au rendez-vous...

BERTRAM.
Nous voici tous.

ANGIOLINA.
Silence !!!

TOUS.
Silence !!!

CHŒUR DU FOND,

auquel se mêlent les personnages qui sont sur l'avant-scène, On danse.

AIR : *du Carnaval.*

Au désir,
Au plaisir,

A la folie ;
Consacrons cette nuit
Qui déjà fuit ;
Par la danse et l'amour
L'heure s'oublie,
Que le jour
Nous surprenne en ce séjour.
Tra la, la la, la la, tra la, tra la.

(Ici les danses sont interrompues par le son lugubre et lent de la cloche de Saint-Marc.)

ANGIOLINA.

C'est le signal, courons aux armes!

LES DANSEURS.

Ce signal nous remplit d'alarmes.

(La cloche continue à tinter lentement, les Danseurs se dispersent. Les Conjurés viennent entourer Angiolina, qui est auprès du portrait à gauche. La musique continue. Angiolina frappe trois fois le portrait.)

ANGIOLINA.

Piétro! Piétro!... ouvrez, c'est votre souveraine. (*Silence.*)

BERTRAM.

Personne ne répond!

ANGIOLINA *frappe encore trois coups.*

Piétro! Piétro! Nos armes...

BERTRAM.

Rien!

CHOEUR *à voix basse.*

Pourquoi donc ce silence!
A-t-on pu nous tromper?
L'instant de la vengeance
Va-t-il nous échapper?

(Ici les portes du fond s'ouvrent et paraissent garnies de soldats.)

LES CONJURÉS.

Trahis! trahis!

BERTRAM.

Et nous n'avons point d'armes!

SCÈNE IX.

Les Mêmes, STÉNO *s'avançant.*

STÉNO.

La résistance est inutile ! vos complices sont désarmés...
et dans les fers. Les troupes de la République sont fidèles... ce Palais est cerné de tous côtés, et les traitres vont
recevoir leur châtiment. Rebelles, quel est votre chef...?

ANGIOLINA, *avec force et jetant son masque.*

Moi !

STÉNO.

L'épouse du Doge !

ANGIOLINA.

Oui, Sténo... l'épouse du Doge... seule coupable d'a-
voir voulu renverser un odieux pouvoir... et la seule vic-
time que doit frapper votre horrible justice...

STÉNO.

Quoi, Madame, c'était vous !...

ANGIOLINA.

Triomphe, Sténo... en contemplant ton ouvrage!.. Mais
tous ceux qui m'entourent sont innocens; ils ignorent mon
secret... mes projets de vengeance, mon espoir...Qu'on
leur rendre la liberté, l'épouse du Doge doit seule pé-
rir...

STÉNO.

Ah ! Madame... Si le léger Sténo a pu braver l'épouse
du Doge sur le trône... il saura la défendre quand elle est
dans les fers... Le tribunal des Dix s'assemble... nos lois
sont sévères!.. Mais voici l'heure où, réparant les torts qu'il
peut avoir envers vous, Sténo se montrera digne d'être
votre chevalier... (*Aux conjurés.*) Pour vous, préparez-vous
à paraître devant vos juges.

(Il sort; on ferme le fodn.)

SCÈNE X.

BERTRAM, ANGIOLINA, THÉRÉSINA, les Conjurés.

BERTRAM.

Qui donc nous a trahis... quel est le misérable !...

(Thérésina pleure.)

ANGIOLINA.

Amais, un espoir me reste ! Le Doge connaît à présent

mon secret... il ne nous abandonnera pas... et Marino Faliéro....

(Ici la porte secrète s'ouvre et le Doge paraît.)

SCÈNE XI.

LES MÊMES, LE DOGE.

LE DOGE.

Me voici !

TOUS.

Le Doge ! (*Ils s'inclinent.*)

ANGIOLINA.

Seigueur, je vous attendais.

LE DOGE, *aux conjurés.*

Si j'avais connu vos projets... je ne les eusse point approuvés, sans doute... l'Etat avait reçu mes serments... Mais c'est pour moi qne vous avez bravé la mort, c'est pour moi que vous vous êtes perdus, et comme j'aurais reçu la récompense de votre victoire... je viens m'associer à votre défaite.

ANGIOLINA.

Seigneur, que dites-vous ?

LE DOGE.

Ne perdons pas un tems précieux... Depuis que vos lettres m'ont appris le péril que vous courriez, j'ai dû préparer votre fuite et votre salut... Partez, Angiolina. Cette secrète issue, dont on n'a pas encore songé à s'assurer, conduit au rivage... Partez... je vous l'ordonne... Ici, mon pouvoir ne vous sauverait pas...

ANGIOLINA.

Que m'importe la vie... si je ne puis vous la consacrer?..

LE DOGE.

Angiolina... mon cœur est plein d'admiration pour votre courage et vos vertus... Oui, vous étiez digne du trône de Venise.

THÉRÉSINA.

Entendez-vous ces clameurs lointaines?...

LE DOGE.

C'est le Peuple que vous vouliez sauver...

BERTRAM.

Que demande-t-il ?

LE DOGE.

Il demande votre mort.

ANGIOLINA.

Et la vôtre peut-être !

LE DOGE.

Fuyez... mes amis... fuyez.

ANGIOLINA.

Ne l'espérez pas !...

LE DOGE.

Emportez sur d'autres rives la reconnaissance du Doge et l'espérance de cet Empire.

ANGIOLINA.

Non !..

LE DOGE.

Angiolina... ma fille.

ANGIOLINA.

C'est moi qui vous perds, et je vous abandonnerais !..

LE DOGE.

Il le faut.

ANGIOLINA.

Mon époux... Faliéro... non jamais !..

LE DOGE.

Bertram, arrachez-la de mes bras.

(Bertram et Thérésina l'entraînent par la porte secrète, qui se referme.)

SCÈNE XII.

LE DOGE *seul.*

Maintenant, attendons les bourreaux. Je connais le Sénat, il me hait, il me craint... je suis déja coupable...

(Une musique sombre se fait entendre ; les portes du fond se rouvrent et laissent voir le Tribunal des Dix assemblé.)

SCÈNE XIII.

LE DOGE, LORENZO, Gardes.

LORENZO.

Que vois-je ? le Doge... seul !...

LE DOGE.

Vous voyez... Lorenzo... le chef et le complice de la

conspiration qui menaçait la République. . . Conduisez-moi
devant mes juges. . .

LORENZO.

Mais, Seigneur, tous les Conjurés?.,

LE DOGE.

Les Conjurés?. . le Doge répondra pour eux. Marchons!
(Ils entrent au Tribunal ; les portes se referment.)

SCÈNE XIV.

(Le vestibule du palais et l'escalier des Géans.)

LE PEUPLE *entrant en foule*, et bientôt PEPPO et un
HOMME DU PEUPLE.

CHŒUR.

AIR de Béancourt.

Eh quoi ! le Doge... il aurait conspiré !
Lui qui devait être le plus fidèle ;
Il doit payer de sa tête rebelle
Ce noircomplot par l'enfer inspiré.

PEPPO *accourant, et d'un air étonné d'un homme du Peuple.*

Et bien, qu'est-ce qu'il y a donc. . ? qu'est-ce qu'on dit. . . .
hein. . . ?

L'HOMME DU PEUPLE.

Comment!. . tu n'a pas entendu parler de la conspiration
qu'on vient de découvrir?. .

PEPPO.

Une conspiration !. . Ah! l'on conspirait!. . Qu'est-ce qui
aurait dit ça ?

L'HOMME DU PEUPLE.

L'on voulait égorger les Patriciens ; mais ils triomphent :
Vivent les Patriciens!. . .

PEPPO.

Tiens! qu'est-ce que j'ai toujours dit, moi? : « Vivent les
Patriciens ! »

L'HOMME DU PEUPLE.

On juge le Doge en ce moment.

PEPPO.

Ah! le Doge s'en mêlait aussi. . . et... il n'est pas encore
condamné ?

L'HOMME DU PEUPLE.

Pas encore : Sa statue serait déjà couverte du voile noir.,
c'est l'usage à Venise.

PEPPO.

Et... tu crois qu'ils oseront...

L'HOMME DU PEUPLE.

L'on conspirait pour le faire Roi de Venise,.. D'ailleurs, il a fait évader les conjurés; c'est un crime que nos lois ne pardonnent pas.

PEPPO.

Il n'est pas défendu de sauver son épouse.

L'HOMME DU PEUPLE.

Il fallait avant tout sauver la République,

SCÈNE XV ET DERNIÈRE.

LES MÊMES, ANGIOLINA, échevelée et s'arrachant des bras de ceux qui veulent la retenir.

ANGIOLINA, avec des cris déchirans.

Faliéro, mon époux... rendez-moi mon époux!

(En ce moment Lorenzo, du haut de la tribune, vient jeter un voile noir sur la statue du Doge, qui est au pied de l'escalier.)

ANGIOLINA, avec un cri affreux.

Ah!

(Elle tombe au pied de la statue.)

L'HOMME DU PEUPLE.

Il est condamné!

FIN.

www.ingramcontent.com/pod-product-compliance
Ingram Content Group UK Ltd.
Pitfield, Milton Keynes, MK11 3LW, UK
UKHW021003220726
13924UKWH00002B/878